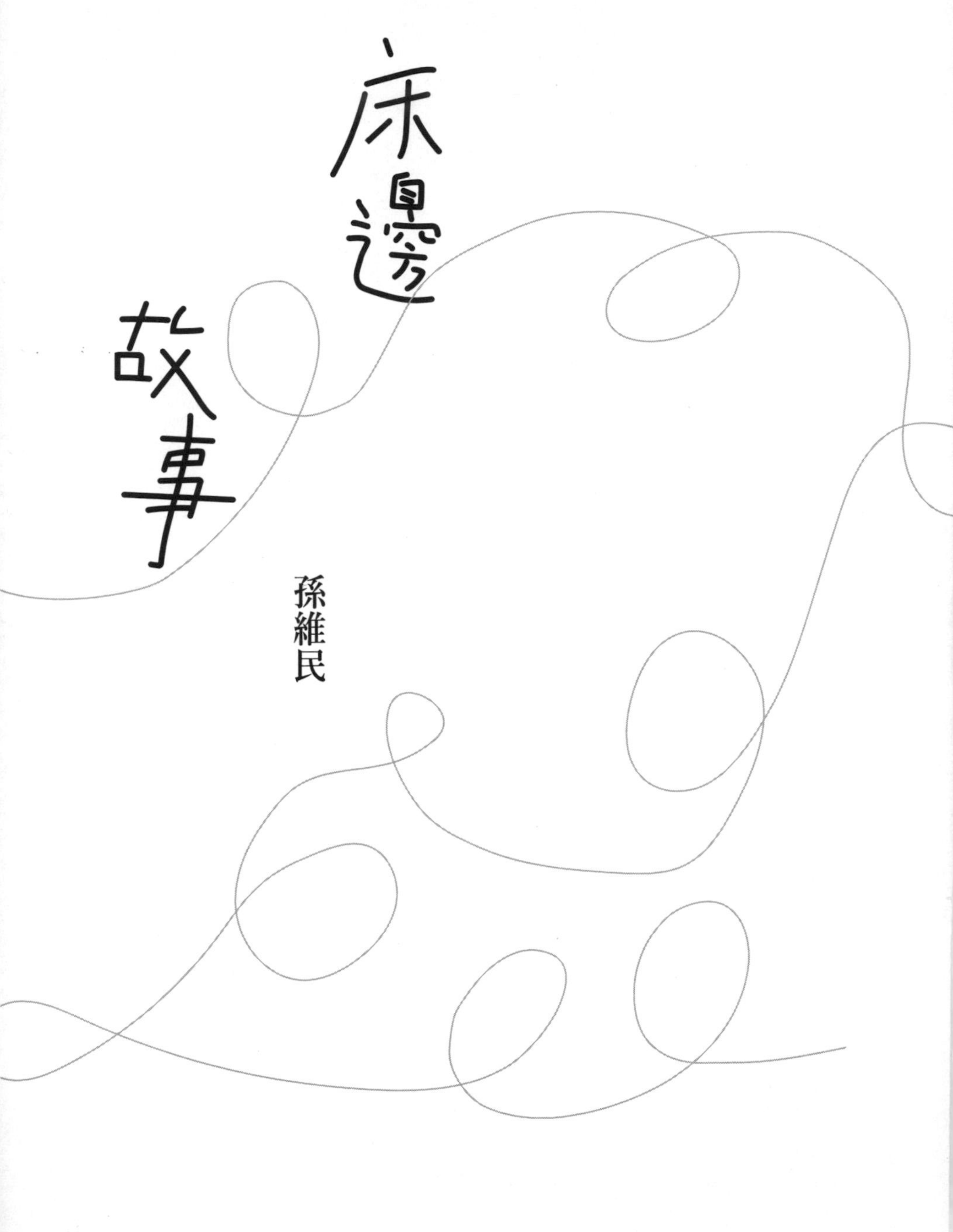

床邊故事

孫維民

目次

床邊故事

孫維民詩集

羿

1

下午，石頭還是溫暖的
月亮已經出現在屋簷邊
薄弱、白皙
像一張古代女子的臉

不過，夜會為她梳粧
讓她雙頰充滿血色
讓她目光銳利、明亮
可以穿透所有縫隙

夜是月的同謀者
再度折磨地上的那個人

2

街衢靜悄，露水漸濃
即使堯帝也熄了燈
暫且將百姓的福祉擱置一旁。
老油坊的黃狗偶爾面向高粱田
抑或湖邊繫著的木舟，吠——
也許是狼
也許是風

也許是已經殺死的猰貐
或是獸頭人身的鑿齒
或是九嬰，水火之怪

或是東方的大風
或是南方的巴蛇

或許，藉著月夜
牠們的魂魄化做黑影
前來擾亂他的心神

床帳飄搖，角枕寒涼。
像死一樣地活著
（不是清醒的白晝
亦非安睡的黑夜）
比死更難堪

3

他睜開眼——塵埃
在空氣中移動如星辰
土牆、橫梁、木柱
桌、凳、筐、甕
這是一間茅草屋

幾句鳥語飛進屋內
在靴子四周跳躍
他的箭袋及紅色的弓
如家僕靜立床尾

桌上有兩個麵餅
一碗小米粥，一鍋野菜湯
屋外有雞，公雞飛到桑樹上
芳草簇擁著荷塘
可是看不見人

屋牆上掛著蓑衣
屋簷下幾只陶盆
院子裏晒著衣褲
柴房旁邊，一口井
映照涼爽的晴空

他回到屋內

吃完桌上的食物
望著一室安靜
簡陋的器具各居其位

窗外，公雞又在啼叫
警惕著懶散的人
對他卻像搖籃曲
很快地，他又睡著了

4

他被某種聲音喚醒
謹慎的、柔弱的聲音

像是花葉正在生長
窸窸窣窣

他睜開眼，床邊
三張孩童的小臉
三雙圓圓的眼睛
怯怯地望著他

那是兩個男孩、一個女孩
像三隻小老鼠，忽然
看見身旁的虎兒
從虎兕的夢中醒來

其中一個較大的男孩
似乎鼓足勇氣，他
對羿說：「天剛亮時
我們和爸媽到小麥田

在溪邊的桃樹林
我發現您倒在那裏
爸爸和我就用板車
將您先送回家

爸媽還在田裏工作
我們先回來看一看
這是我的妹妹
這是住在山腳的愷弟」

5

愷弟張大眼睛看著羿
然後看著羿的弓
他忍不住，終於發問：
「是它嗎，射下九顆太陽？」

羿拿起床尾的彤弓
一端抵觸地面
直立的弓身比孩童還高
「是它。」羿回答

他們摸了摸紅色的弓

拉一拉獸筋製成的弦
繃緊的弦像深冬的冰川
紋風不動

愷弟接著說：「我媽看過
九顆太陽在天空中
到處嬉鬧，像鷹盤旋
忽低忽高

有時棲止在石崖，有時
迅疾地掠過地面
熱風捲起沙塵
樹林和村莊著火

江河湖海都乾涸了
寄居其中的怪物
紛紛侵入民宅
吞噬百姓」

較大的男童說：「是您
搭上第一枝白羽箭——
天空震動了一下
大地涼快了一點

第二枝箭射出
天空又震動一下
大地又涼快一點

可是，強光依然令人目盲

直到第五、第六、第七枝箭
像流星從地面飛升
準確地，直線地
射入金烏的身體

百姓長久低垂的頭
才能夠再次抬起
他們長久緘默的口
才可以再次發聲

他們原已放棄希望

每天只等候著死
因為死能停止苦難——
現在，英雄終於出現」

此時，女童也說：
「爸媽經常提到
他們看過墜地的太陽
三隻腳的金色烏鴉

很大的金色烏鴉
一隻墜落在山上
一隻墜落在海邊
還有幾隻，聽說更遠

那時，爸媽都還是小孩
他們走了很遠的路
去看一顆掉落的太陽。
他們說，地被撞出一個窟窿
窟窿裏，三隻腳的大鳥
一動也不動
到處是難聞的焦炭
原本是金色的羽毛……」

6

孩童眼裏的尊敬和愛

柔和的、清明的光
讓羿心中一震
讓他驚覺自己的責任

對於這些孩童，他有責任
就像對於他們的父母
當十日在天空肆虐
他承擔了責任

現在，他也要承擔
這是英雄的榮耀
雖然妻子早已離去
家僕在不遠處密謀

雖然天帝始終懷恨
（頃刻間，九子全都殞落
他也只是一個父親——）
且以至高者的威權
將他囚禁在人間

「後果並非我們所能預料
後果不一定公平
如果只考慮後果
我們可能無法行動

如果只考慮後果
可能，極有可能

我會不顧是非
我會參與罪行」

羿長嘆了一聲
但那是安慰
不是悔恨，的嘆息——
他的心情平靜如大地

大地上，光影相處融洽
光不會灼傷蜻蜓
影不會太濃太冷
光影交接處總有神奇
虔敬和喜悅

「所以，不要考慮後果
只要考慮，是否
行為的動機純正
可以通過良知的檢驗。」

7

不久，兩兄妹的父母回來了
看到羿已甦醒，他們都很高興
他們說：孩子清早發現了羿
於是送他回來休息
那時，他額頭流著血
口裏有些酒氣

後來，他們看羿睡得酣熟
於是先回田裏工作
不過，孩子們等不及了
又跑回來……

羿摸了摸額頭
有些乾掉的血跡
但他完全想不起何時何地——
他只記得，黑暗中，他帶著弓箭狂奔
追蹤一群更黑暗的
瞋恨的怪物

他記得，他曾射出數箭

卻聽不到回音
浩大的黑暗毫無表情。
最後，他在樹林裏迷路
又被某物糾纏絆倒
滾落山坡——

8

已近中午，父母親開始洗菜洗米
孩童們拿柴、生火
羿於是起身告辭
謝謝他們的幫助和招待

他們真心地挽留
羿婉拒了，並且承諾
日後他必再來拜訪

愷弟和羿一起離開
一路上，孩子好奇地詢問
關於射箭的技術
關於弱水、崑崙山、西王母……

不久，他們來到大槐樹下
藥材商人正在喝水歇息
牽著牛犢的老叟經過
逕自走向河的上游。

兩人又繞過一座小山
之後道別，各自返家

9

孩童不一定是救贖
因為他們會長大
孩童擁有的善良、天真
有一天，可能遺失

可是，總有幾個孩童
堅持抵抗世界的邪惡
即使長大成人

仍然保有純潔的心

即使成為男人、女人
他們心中有一個地方
像那間小屋，像這一天
仍然未被世界占領

在這個奇怪的世界
（幽蘭與雜草不分
鳳凰在笯，鴉雀翔舞）
善良和天真似乎柔弱
只讓敵人有機可乘

善良和天真的人，似乎
必須落淚、流血
甚至面向死亡
對祂說：「我在這裏」

死亡可能吞吃他們
如蛟龍搖撼漁家
如猛虎奔向樵夫
但是死亡並未獲勝

面對善良和天真
死亡的堅甲與利牙
完全無能為力

純潔的心不可能死

善良和天真將被記得
像無形骸的事物
像那間小屋，像這一天
在每一顆純潔的心裏

只要有一顆心記得
只要有一個人相信
英雄的犧牲，無私的愛
就不可能死

10

晴空飄著輕薄的白雲
羿已經望見都城：
微小的人們、牲口、車輿、房舍
微小如螻蟻或草芥
另一個地上的日子

死帶來安睡之前
他還有很多工作
那是責任，也是榮耀
（就像一顆不動的星
讓夜行的人校正）
他走向他的使命

某歌手

Dm

風從遙遠的地方吹來——

從左側的市場
從鐵絲網後的農會穀倉
從腳踏車店
從龍眼樹下的收音機
從四點十七分餵奶的細姨
從房屋之間的空洞
（泥沙、螞蟻、長柄菊……）
從天線和路燈

從奔竄的雞群
從搖晃的日影、雨珠
從晒衣竿上的蟬鳴，及
提早出現的弦月——

風吹向鏡面

Em

在大車和小車之間
各種聲波的亂流
各種視線的火光
各種氣味的籬牆

衣飾、髮型、香料
　嚴密地堆疊
動作、話語、沉默
　彎折的坡路

風依然通過

風通過石獅、自助餐廳
唱片行對面的滷味
旅社、照相館、算命仙
溫泉、假山、池塘

F

風通過竅穴，吹入體內——

風吹入毛囊、篩骨、脊柱
風吹入肝門、胃、迴腸
風吹入卵巢、比目魚肌
肺葉搖曳，血花綻放

風吹向媽媽、父兄
在走道的盡頭旋轉
之後掀開布簾
進入妹妹的房間——

屋裏有一些衣服
還有人聲
像在討論事情
也像彈奏樂器——
風吹向床枕與桌椅
電話、眉筆、垃圾桶
吃了一半的炒麵
就快熄滅的香菸

風在尋找出口

G

風通過指節、肩胛骨
通過錐肌、迷走神經
通過心室、甲狀腺
風吹向頭部

最後，風找到了
白色的聲帶與鼻腔等等
它的出口

離開身體的風
彷若變種生物：

形狀、顏色、化學成分
都和以前不同——
不像來自車站、百貨公司
不像來自戲院、廟埕
不像來自樓下和樓上
直立或傾斜的
瓶罐、窗景

幾乎像是虛構的風
進入世界

Am

離開她的身體的風
就只是空氣。

每天，我乘坐小舟
進入她所播撒的空氣
於重複的星空下
用力地呼吸——
白晝不能夠遮蔽
黑夜無法偽造的
人工星空

煙霧平靜地繚繞
酒色的海面
神祇庇佑的船隻——
這裏有另一種光線
　照耀流浪的眼
這裏有甘甜的飲料
　供應焦渴的唇

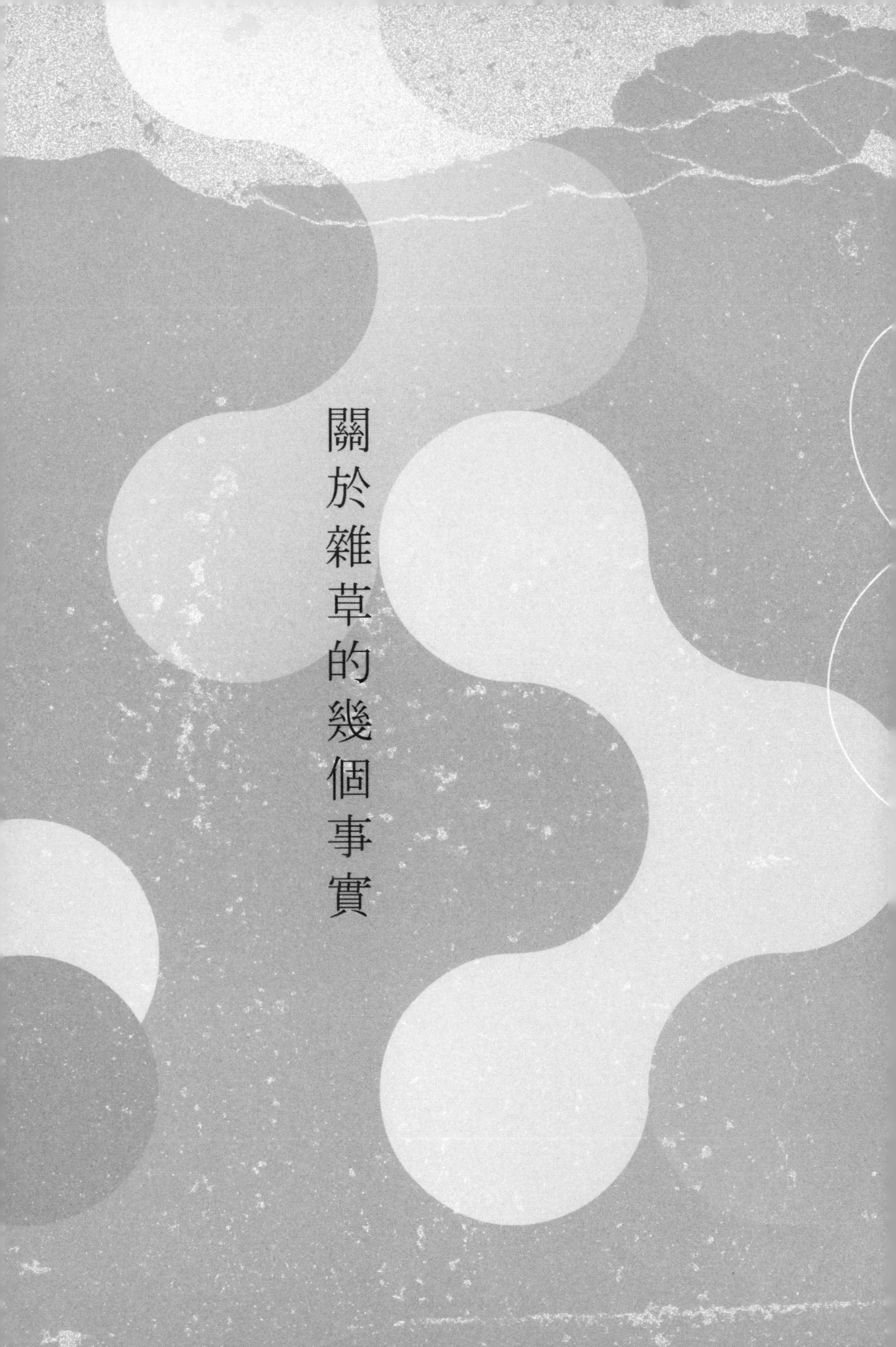

關於雜草的幾個事實

i

每天，無數顆露珠出現
這片雜草叢生的荒地
我不在這裏的清晨
他們一樣出現

ii

虎尾草清楚我在想些什麼
即使我的面貌沉靜
行動遲緩如老象

虎尾草完全清楚：
我要吃些什麼
想殺死誰

而且絕不透露

iii

下午六點以後這群孟仁草看到他從大樓那邊走
來低頭吸菸表情不悅始終執著於一棟現代監獄
般堅固的觀念

每次這群孟仁草大聲疾呼對他說話但他就是聽

不見一點也不繼續走向早上九點停靠在馬路旁
白線上的休旅

iv

紫背草已經通知野莧已經
通知飛揚草已經通知白花
青葙已經通知黃鵪菜已經
通知咸豐草已經通知賽葵
已經通知鯽魚草已經通知
長柄菊已經通知七公里外
窗下，牆洞裏的鳳尾蕨

我於大雨中散步扭傷左腳踝一事

v

他們在計程車色的月亮下集會。
山坡的竹節草也來了
河床的鼠尾粟也來了
縣道旁的長穗木也來了
陽台上的鵝仔草也來了

vi

還有至少二十餘種

特別美好、同樣特別
我不樂意分享——
何況，他們的名稱是人造的
經常亂指的準星

vii

雜草們從不獨占、從未遮掩
每一次的繁殖過程
（這是最令人尊敬的美好）
每一次，以淳靜的花朵構造
給予、接納、撫慰世界。

viii

一整個冬天流星經過的次數
酢漿草精確計算；
酢漿草從未睡著
對他，「睡」和「醒」是不可解的字

ix

那隻飛來又飛走的紋白蝶
葶藶認識
上午，他曾經觸碰她的翼翅

更早，
他的遠親曾經觸碰她的前生

x

無法進入地下的生者
所有的疑問
只能請教植物

芒稷回答了（或者清明草）
我弓身、蹲跪、佇立
似懂非懂

xi

雜草創作了許多史詩
涉及戰爭、繁華、星球、神祇……
沒有智人可以閱讀。

或許烏鴉和蛇可以
以一生的心力
看懂三首五首

xii

穿過大氣的雲，或鳥聲，或雨點

或某個無私的小小善意……

我不在這裏的時候

他們變化成其他的事物

讓我記得

除草工人雜感（兩首）

之一：夏天

肥厚的脂肪還在蔓延
占據大片的行星面積——
闇黑吵雜的族類啊
我胯下的機器開動了
那是光及音樂

機器持續搜索、掃蕩
汝等將以噴濺的渣滓
顯示卑劣之本質：
智商如蟲、結黨營私
建立帝國的野心從不枯黃

我是沙漠，大海，高山
我是金石與烈火
我是難以覆蓋的恨
和更大的愛
我來阻擋

我使汝等清醒似剛鍘斷的頭顱
留在現場
瞥見自身之困窘
還有前來翻撿的鳥群
還有冷靜的太陽

若汝等擁有戰車、潛艦、飛彈

製造及散布病毒的技術
智人早已滅絕——
虛矯野蠻的族類啊
只擅長繁殖

（我的左鄰生了七狼
至今未詳公母若干
可能不止七隻，我猜
假使加計人工流產——

草地那邊的球場
街道轉角的公司
社區之內的床枕

何處不是血色
堆積著骨骸？

廢死的人應當清楚
殺戮始終沒有停止
如同鬥爭，一直進行
為了自己，右舍去死——）

讓我以旋轉的利齒、汽油的香膏
最真誠的話語
最正統的儀式
回應汝等之哭訴。

之二：秋日

在無邊地圖的這一點
在白晝及黑夜的交界
我是除草工人，不知為何——

有可能我是年長的漁夫
在亮燈的船上檢視
半小時後撒網

有可能我是客運司機
再過三站到達終點
車廂只我一人

有可能我是遙遠的士兵
準備撤離村莊
砲彈突然來自樹林

有可能我是另一方的軍官
在溪流旁沉思、等待
刺刀指向滿月

也可能我是外科主任
剛才結束院務會議
在電梯內遇到家屬

也可能我坐在病房

小桌上放著水果
電視播報銀樓搶案

也可能我是槌球選手
停好機車，拎著素食
瞥見教提琴的盛裝出門

也可能我在沙灘，像觀光客
拍海、自拍
立即傳訊北部的朋友

有可能我是貝類，或蛇類
或飛入老舊廟宇的蛾

也可能我是大象
漫步在浮動的原野
於眾象之間
有可能我是一段鳥鳴

或破巢，或尚未孵化的卵
在古代或未來
也可能在外太空——

我是除草工人，所知不多
還在黃昏的此處
就快完成我的工作

釣客的白日夢

他坐在溫暖的石頭上
前方安置一根釣竿
細細的釣絲穿過水面
浮標輕輕搖動

樹影在他的身後遊戲
水面日光粼粼
浮標輕輕搖動，好像
被枝葉間的蟬聲撞擊

他已經在這裏半小時
沒有釣到半尾魚
他開始疑慮：是不是

他的樣子有一點蠢？

有一次，浮標劇烈地搖動
他很快拉起釣竿——
不是手槍，不是首飾
不是他所認知的魚

樹上的蟬說了又說
彷彿是在向他重複：
「這裏沒有，沒有，沒有魚
你還要再等下去？」

他罵了一聲×

轉身躲進蔭影，倚靠樹幹
他又罵了一聲×
然後閉上眼睛

樹影內，風特別涼
蟬聲特別有說服力。
浮標搖動如古代的燭焰
不久，他竟然睡著了

他夢見細細的釣絲持續
穿過薄薄的池塘表面
進入靜謐清澈的水中——
那裏，風景很不相同：

釣絲的盡頭，魚鉤和餌
哀怨地相擁
像是已經死去的乞丐
一個很硬，一個很冷

在釣鉤更下方，其實
有魚聚集：大魚、小魚
不大不小的魚
悠遊於岩石與水草間

其中一隻正慵懶地搖擺
狠狠瞪著上方的陷阱
吐出輕蔑的氣泡：「只憑

一截蚯蚓，就要我們的命？

傲慢的垂釣者！他還以為
我們只屬於這一個池塘
634.86 平方公尺
就是我們全部的宇宙

膚淺的垂釣者！他不清楚
在池塘和大海之間
有一條祕密通道
我們可以自由往返
我們曾經看見海之遼闊

與深沉。海中的住民
那些礦物、植物、動物
我們也認識不少

那裏，可以享用的食物
種類繁多，絕對新鮮
每一餐換一道料理
也足夠吃N＋1輩子。」

此時，一尾年紀更大的魚
甩動鬍鬚，緩緩說道：
「唉，退化了，Homo sapiens
確實不如擅泳的先祖

缺乏想像力的子孫
只看到他能夠看到的
只承認他以為真實的
完全不懂一個池塘的浩瀚

即使我們浮出水面，使用人語
喁喁對他描述海中
奇異、幻麗的風景
他也不會相信

他怎麼可能相信
海水有不同的聲色氣味
像高樓的電梯，每一次開門

外面都是全新的內容：

全新的辭藻和文法
全新的技巧與主題
出自艱深的作者
卻又如此清晰。

他如何能夠閱讀
各種陌生的語言——
盲人可以描繪色彩？
聾者可以思索音樂？

他怎麼可能想像

如霧的礁岩會跳舞
像山的草木會唱歌
只要歡樂的訊息發布

海百合搖晃，搖晃
像小小的棕櫚樹
大概醉了的鸚鵡螺
挑釁魚貫的僧侶

比珊瑚芬芳的頭髮
比珍珠誠摯的眼睛
在波浪之上聆賞
那是觀眾，那是亡魂——

而在大海的底層，那裏
有一塊超大的陸地：
亞洲、非洲、歐洲、美洲
相加的面積也比不上

黑色的、難測的領域
（比倒立的聖母峰更遠）
有時卻有亮光，彷彿
那裏有太陽升沉，或星月

曾經接近海底的魚龍和龜
告訴我：那片亮光
是一朵碩大的花

在天體的旋律中開合

花瓣及花瓣之間
高貴、怪誕的生物寄居
如眾天使圍繞著
花心深處的神

沒有生物曾經進入花心
彼處的光暗太強
或許曾有生物進入花心
但牠們都從此失聯……」

一群小魚游過來，喧嘩著

嘲笑上方的那名垂釣者
有魚說他沉悶又有毒
像躺在池底的電池

或是塑膠，或是玩具
或是某種難以棄絕的
新穎又炫目的垃圾
躺在池塘底部

有魚說他呆板如螃蟹
螃蟹聽了非常生氣
舉起雙螯，怒目抗議
這尾小魚只好：「Sorry——」

蝦子也很不滿，因為
牠們和螃蟹有一點血親
幾隻蝦子衝撞、倒行
高喊：「十足目不是靈長目！」

泥鰍和田螺喜歡清幽
現在卻被干擾了
牠們板著臉孔，扭動身軀
用泥沙為池塘染色——

鬍鬚飄動的大魚嘆了口氣
大家於是再度安靜
畢竟牠是家族的長輩

見過人魚、海怪、外星生物⋯⋯

可是，這一次，牠沒有說話
只搖了搖胸鰭和尾鰭
像古代的老人在夏天
靜靜搖著蒲扇

小魚們開始唱起自製的歌
一首接著一首
歌聲在水中像連續的煙火
一朵接著一朵

聲音傳到了池塘外面

混雜著蟬鳴和微風
依然溫暖的石頭聽到了
依然寂寞的釣竿聽到了

紅毛草、葉下珠、藿香薊
飛越水面的麻雀和蜻蜓
甚至 172m 之外的野狗
全都聽到了

牠們的歌詞大致如下：
「退化了，Homo sapiens，確實
比不上有鰓的先祖
比不上有殼的先祖

在地表上建立高樓
在高樓裏吹著冷氣
在太空中放置衛星
在衛星下使用３Ｃ

每天醒來，夢到金錢
夢到權力，夢到性——
但是衣裝還是講究的
不如我們一向赤裸

每夜睡去，碰觸權力
碰觸金錢，碰觸性——
可是沒有碰觸我們

世界初始的繽紛

貪婪的垂釣者！即使
魚餌更肥美一些
拋竿更遙遠一些
你也無法得到寶物

愚昧的垂釣者！若是
我們浮出水面，喁喁
對你敘述這一切
你必然以為看到了鬼。」

晚班收銀員

輸送帶上的物件，不斷地，像
時快時慢的晝夜
接近她

相同的問候語
相同的眼神接觸
相同的掃描槍的嗶

有奶與蜜的場域：
每一件貨品都被標價
被暴力地分類
被命名：兒童月亮椅、智慧軟骨雨刷

玉女番茄、野菜三角餅、樺木衣夾
愛狗愛吃（牛肉風味）、膠盆活體植物

拋棄式人工淚液、臥式冷凍櫃、印尼乾麵
飄移26吋拉桿箱、時尚浴拖、掃地機器人
帕瑞卡伏特加、震動頸掛藍牙4.1耳麥……

被放在固定的位置
供人思考、接受、拒絕——
它們始終沉默。

下班之後，她回到租屋
看不見男友的機車

她使用賴：「你在哪裏？」

時慢時快的物件，偶爾
也會出現在夢境中
「請問有會員卡嗎？」她問

對方答有，或者沒有
或者從手提包或口袋裏
寂寞地，掏出東西

童話

失眠的夜過去之後
她像一具殭屍
努力地融入白晝

做早餐，送孩子上學
上班面對貴人和賤人
下班，為孩子做晚飯

每天在記事簿寫著
必須注意的細節
還有勵志格言

從未有過惡念——

那是有瑕疵的珍珠
與她的苦難不配

她希望漸入佳境：
許多小小的碎片
總有一日變成拼圖

房屋堅固，花園燦爛
晨昏按時來訪，還有
歡笑平安的夜晚——

可是命運另有打算
像自私的男人

一腳踢翻收集的夢

始終單純、堅貞
她是童話裏的好女人。
這是卡夫卡的書

通勤列車和我

8

教導我——
如何連結眾多的晨昏日夜
　　眾多的搖晃靜止
像八個車廂，從起點至終站
安全、常有座位
完勝馴服的龍或巨蟒

還有眾多的呼嘯和無聲
夢與事實、裝填及空洞
眾多的並非溫暖的光線
　　細菌升降的大氣

極度乾燥的雨滴

7

希望大量的烏鴉和麻雀飛入
集止於寂寥的病身
啄食額頭、眼鼻、嘴、耳朵
直到生活變形

（希望牠們也喜歡胸腹及雙腿
時而清瘦畏寒的枝葉
其中的果實）

希望海浪、山石、怪獸、外星人
輪流進入車廂
無敵地，憐憫地
毀壞呆滯

6

如何擁有鋼軌的意志，忍受
　那個必要化濃妝的
那個必要吃便當的
那個上車就講手機的
那個上車就玩手遊的
那個總是天真爛漫

其實很愛亂搞的
那個自認又炫又酷
其實根本沒哏的
那個忽然大喊：「主啊，救我
阿拉花瓜、阿彌陀佛」的

教導我：如何
呼吸均勻，保持平衡
當你繼續前行

5

我希望以火車的眼睛觀望自己

以生疏且熟悉的月臺
以樓梯、招牌及屋頂
以遠近的果樹和牛筋草
以忽左忽右的山與太陽
　卷雲、積雲、層雲……

我希望他們告訴我，我的樣貌

我想走進那一節車廂遇見幼年的我
我想走進另一節車廂遇見死前的我

4

請你教導我

如何擁有鋼軌的意志
且有柔軟的心——
　不至於踩碎誤入的甲蟲
　不至於迴避發臭的老者
　不至於詛咒別人
　　罹癌、車禍、破產，等等
　永遠記得禮貌
　　尤其對於不寫詩的
　　還有那些寫壞詩的
教導我，擁有柔軟的心——
　不至於忽略葉背的蟲卵
　　看見蝴蝶和春花

不至於嫌惡苦澀的果皮
　吞下爆汁的果肉

3

當新車開始負載乘客
抵達那些大站和小站
他們也像學會飛翔的幼鳥
好奇又激動？

當他們瞥見前輩成為零件、廢鐵
空殼固定於某座公園的角落
晴朗無風的下午

讓外地的遊客拍照、如廁
他們是否哀傷？
或者，彼等的情感與思想
屬於火車之境
我無法通行？

2

其實你也保護著我：
不讓我撞向橋梁
　或者商店，或者汽車
或者海岸鋒利的岩石

不讓我轟然爆炸
　如藏匿在山區某處
　偽裝農舍的軍火庫——

始終冷淡、堅持、靜默
其實你也愛我

1

你的愛還有這些：
將我帶至完全陌生的風景中央
　然後丟棄
讓我驚叫、流淚——

那一團結構或非結構
那些形象、聲音、顏色
羊種難分，仙妖同體
字詞完全無法描述的
不知道是什麼東西的
不知道要如何回應的——
讓我恐懼、變化
　　並且存活。

0

我坐在火車上寫詩

很快地（大約二十年）
完成了一首關於什麼的詩
這就是那一首詩。

火車繼續前行
沒有任何表情——
當然，他讀過了我的詩
終究不發一語

病毒流浪記

我已經流浪很久，太久
不記得何時開始、何處出發——
血潮喧嘩，後退又前進
暖風反覆搖撼著肺葉
之後人類誕生

我曾穿過傷口，跟隨他
回到冰凍的河谷村莊。
不久，狼群撕碎他的肚腹
我於是抵達叢林和盛夏
棲居於嗉囊、孢子

我曾浮沉於液體中
在安靜的車廂與樂器中——
眾星輪流照耀，忽然
全數昏暗，極區位移
我降落在新生的山壁

我曾沿著甬道奔跑
與一支弩箭墜入夜色——
黃昏，僅存的船隻靠岸
官吏斥喝，奴僕顫抖
我被帶往宮廟、市場

我聽過頌歌及禱詞
各種隱晦、簡陋的語言
提到敵人和拯救……我沉默
在他們狹仄的體內
我還有工作

我看過強光與濃霧
將色彩及形象一概消除
若干年後，再度出現
像在另一則時空
與這枚星球無關

我曾遭遇狂亂的事：

毒劑噴濺、異族入侵
同胞們被殺戮、吞食
基因傳遞錯誤引發惡疾……
但我仍然存活

我曾在雲端滑翔
被一場風暴吹向赤道
輾轉進入猩猩和蟒蛇的巢穴——
男人及女人搭機離開，我
著床在他們的腦膜

月下，電梯不停升降
冗長的纜繩如抽搐的神經——

我曾在金屬表面靜止、喘息
幾乎滅絕，始終期待著
另一次浩壯的反攻

我也有短促的夢：
陽光與陰影拉扯、嬉鬧
像無害的對話，像花粉
悠閒地旋轉、接觸——
我的夢裏也有和平……

我已經流浪很久，太久
不知道何處何時終止
那並非我所能理解——

微小的身軀內，一個指令
我只服從那個指令。

超級英雄

A面

地球上，最壞的造物是人類。
我遇到很壞的人類時
被很壞的人類折磨
幾乎就快死掉時：
「呼叫超級英雄！

穿上盔甲，戴好面具，披著斗篷
手拿神奇的武器——
請前來幫助
被霸凌的地球住民
被壓迫的悲慘人生

用刀劍劈砍蛟龍的頸
用盾牌敲撞猛虎，直到
牠學會貓叫。
用夏日陣雨般的箭矢
讓梟變成呆滯的刺蝟

翻開一本輕薄的書
字句在大氣中重組
形成無法違抗的命令：
『用肚子行走之必要』
『不可不吃自己的腳……』

讓五色槍擊發

子彈飛過警局、山丘、人工湖
像尖喙啄破她的假乳
（隔天，她向公司請假
理由是——總之無關假乳）

或者空手而來，只攜帶
你們的超能力：
中指噴出烈火，頭髮發射雷電
迴旋一踢，製造
十七級的風暴

用意念搬移物件
火車騰空，飛機傾斜

輪船駛向周六下午的商場……
讓從不傷痛的頭顱驚覺
一切都已太晚

不然，施展隱身法或變形術
讓壞人害怕、錯亂
以為被冤魂糾纏
於是澈底悔改了——
不然，讓他們變成蟑螂

當壞人變成蟑螂
英雄啊，你們變成拖鞋
自在地升空、盤旋

發現目標時，立即
俯衝、拍打。用力！」

B面

壞人通常有些怪異：
有的喜歡穿制服
有的喜歡花內褲
有的一律赤裸，在家中
使用各種健身器具

啞鈴、跑步機、彈力帶……
然後走進按摩浴缸

然後站在鏡子前方
看看這裏，還有那裏
「喂，誰是最殺的人類？」

有的只喝氣泡水
有的抓緊麥克風——
有的非常憎恨排隊
所以一直開名車
（真的，我沒有在亂寫）

有的只想上你的床
有的只想占你的屋
有的：「真心愛你，永遠」

有的：「永遠再加一晝夜……」
有的實在＊＊，在此省略

有的高呼自由
（我的自由）
有的激辯道德
（他／她的道德）
反正字語又不花錢

有的不相信善之存在
有的不相信惡
有的發布另一篇長長的廢文
之後想著：「性、美食、存款

才是現實人生」

有的午夜現出原形
不是白狐妖，不是鯰魚精
不是某種禽鳥棲止於床欄
而是——我幾乎無法呼吸——
未經梳妝的 **Homo sapiens**

有的必定論及選舉
或者人脈、投資、婚姻……
彼時我通常保持微笑
之自然。唉，寫到這裏
遂有些意興闌珊了

好吧，我就再寫一節
（不是我愛寫，而是你似乎
以為自己相當超越
不像別的壞人那般怪異）
啊，這一節已經結束。

愛情故事

沒有人知道為什麼
一隻鳥會愛上一尾魚——
鳥，基本上，不能潛水
魚，你也清楚，不會飛

但愛情有什麼道理？
一旦愛上，勇往直前
彷彿接收某種召喚
遙遠的、古老的、難以拒絕

戀愛中的生物會唱：
「那是命運，那是註定
不論我上升或下沉

吾愛都是家鄉……」[1]
鳥媽媽非常憂慮
整天吱吱，喳喳，嘰嘰
偶爾沉默的片刻
圓圓的眼氾濫著淚

「你要冷靜啊，孩子」
她又再一次說：
「我們是鳥，不是魚

1《古代情歌選續編》頁61至62，歌詞如下：「那是命運，那是註定／不論我上升或下沉／吾愛都是家鄉／牽引我的目光／威嚇無效，勸導徒然／愛神的箭又快又準／已經射中吾心／痛苦而且甘甜／／什麼可以比擬愛情？／石刻的羽毛，透明的煙／如真似幻的一切／我要追求尋訪／／什麼可以比擬愛情？／嚴肅的輕狂，幸福的傷／無中生有的一切／我要追求尋訪／／」。

不同的物種如何結婚？

就算結婚，如何生活？
你們住在樹上？還是水裏？
白天如何交談？
夜晚如何交配？

萬一可以（我說萬一）
你們的小孩會是什麼？
鳥頭魚身？魚頭鳥身？
尊重一下你的基因！

你的伯叔姨嬸會怎樣想？

還有同學、朋友、鄰居？
一隻鳥和一尾魚結婚！
走，媽帶你去看病！」

被禁足的小鳥大叫：
「無論問題是什麼
我只有一個答案：
愛，愛，愛——[2]

愛克服所有的差異
弭平高山，填滿深谷

---

2 一個字無法指示同一個意思兩次。「愛」重複出現，顯然和「一個答案」矛盾。關於這點，可參考《斷章》和《假面舞會的起源及流變》。

愛是最厲害的特工
完成不可能的任務

愛是線性，又是色粒
給這個世界熱和光
愛讓春花燦爛
愛使秋水潺湲

愛是你我的起源。
沒有愛，我不可能存在
沒有愛，你也只是虛無
爸爸也是，全部都是！」

此時，鳥爸爸嘆了口氣
放下嘴邊的點心，好像
有話要說，終究沒有，
繼續啃食快死的蟲

鳥媽媽氣得發抖
張開雙翅撲向小鳥
於青春之額狠狠一啄——
當然，愛情毫髮未傷

鳥爸爸向旁一跳，再跳
找到安全的位置。
在緊繃的氣氛中進食

現在肚子不太舒服
他遠望，落日剩下一半
天空顯示更大的弧
晚霞的傳說持續重播
到了最著名的一幕

那顆高燒的巨目，鳥爸爸想
想必見過不少鳥事；
不過，距離如此之遠
大概他根本不關心？
不論如何，他下班了

以厚沉的幕簾隔開世界——
「無所不見的眼，再會
你也需要休息和孤獨。」

像臨危受命的副將，烏爸爸
沉吟、思考、決定：
「唯有服眾以理
才能一勞永逸

理性是不變的法則
是貫穿萬物的一
是棘刺，戳破情慾

色彩爛漫的泡沫」[3]

他也曾經年輕，曾經
為了愛情讓父母操心
那是半年以前了
當時，他愛上一顆蚌

「我的愛是真的！」當時
他發誓說：「一生一世……」
父母罰他面壁一天

3「爛漫」可有多義：絢麗（如「爛漫蜃云舒，嶔崟山海出」）；雜亂；茂盛（如「尋常秔穄地，爛漫長荊棘」）；率真；不受拘束（如「身世殊爛漫，田園久蕪沒」）；淫佚，淫蕩；任意（如「更覓黃花爛漫栽」）等。

之後，他就娶了現任老婆

他的老婆嫁他之前
據說，曾經愛上一條蛇[4]
然而那只是傳聞
老婆始終否認

而那條蛇，據說
曾經是一把傘的男友
當然那也是傳聞
不過，相當可信

4 鳥蛇戀的傳說不少，《太初蒐奇》、《夷堅志》、《物種趣談》、《白蛇》、《花草光影》等皆有記載。

「孩子」鳥爸爸喊：「過來」
鳥媽媽嚇了一跳
小鳥也是。兩鳥同時轉頭
一隻向左，一隻向右

鳥爸爸使個眼色，鳥媽媽
對小鳥說：「快過去啊！」
老公總算介入處理
她累了，等一下還要敷臉

小鳥到了老爸面前
仍然一副很酷的鳥樣
但牠其實有點害怕

經常受罰也不好玩

牠最害怕不准上網
生活沒有網路怎麼辦？
沒有遊戲，沒有視訊
沒有版面貼出廢文

「雄大當婚，雌大當嫁」
鳥爸爸以俗諺開場：
「你已經到達一個年紀
即是所謂的『青春期』

我也曾是青春期的鳥

因此知道你的煩惱：
一股力量在體內奔竄
像被獵捕的野豬

或發現屍體的禿鷹，
那股力量激烈、凶猛
彷彿夏天中午的颱風
又似半夜噴發的火山

那股力量難以遏止
但它卻在身體之內。
你的身體，我的身體
每一隻鳥，每個生命——」

「那個」小鳥舉起翅膀：
「你是說，我的體內有野豬
禿鷹、火山、颱風？
爸爸，我不太懂」

「那些都是比喻。竟然
你連比喻都不會嗎？」
鳥爸爸搖頭：「好歹
你也念過空投專班！

「總之」鳥爸爸放棄比喻：
「那股力量橫衝直撞
讓所有的生物瘋狂

智商下降，只想戀愛

你現在的徵狀，孩子
就是那股力量的展示
你已經被它操控
變成它的空心玩偶

你已是它的奴隸
在眾多的奴隸中。
它說笑，你嘻嘻哈哈
它說哭，你涕泗縱橫

它使你整天呆傻

在雲朵間找尋形象
即使較像蒼蠅的那朵
你也堅持：那是鸑鷟——」[5]

「那個」小鳥又舉起翅膀：
「我想問，呃，那股力量
存在於萬物，這麼強大
它是神嗎？」

鳥爸爸稍感安慰
這個問題還算可以——

---

5 鸑鷟是傳說中的五鳳之一，身為紫色或黑色。

至少不像上一個

那樣蠢，蠢得像油瘤狋！[6]

「我也不知道正確名稱」

鳥爸爸答：「它是神嗎？

或者像神的東西？

或者，神的對立？

（可是神又是複數的

不同物種有不同的神

6 依據《一零一種怪物》，油瘤狋（*Yeulemoo L.*）生長於陰濕地，介於真菌和黏體動物間，以動物活體及屍體為宿主。此物後來成為「無知、低等」的象徵。

有的殘忍，有的慈悲
有的真的很難了解）

我只知道，微小如
蟲卵、花粉、細菌
龐大像山、海、星辰
都有它的傑作

曾有古鳥叫它『意志』
也有近鳥說是『原欲』
那些都是專業術語
對你太過深奧，或許？」

小鳥點頭，搖頭，似懂
非懂，雙翅緊緊收攏
不敢再問。牠只希望
訓話快一點結束

「至於『愛情』，另一個名詞
又該如何定義呢？
內分泌的激盪？或者
自我構築的知識？

流行的愛情悲劇
主角皆是未成年鳥
爭辯、決鬥、撞樹、服毒……

中老年鳥不搞那套

誠如先哲所言：愛情
乃是編造的信仰
虛擬之實況——至少
你應該看過《清醒的亂夢》？」

小鳥的確沒有看過
牠甚至從未聽說。那是
書嗎？還是 **Ucube** 影片？
牠睜大眼睛，不敢回應——

聽到這裏，鳥媽媽忍不住了

隔著一棵柏樹大叫：[7]

「重點。快說重點！

怎麼一直囉哩叭唆？」

「我說的正是重點！」

鳥爸爸非常憤怒，隔著

無辜的柏樹回嗆：

「你連重點都會畫錯！」

四周突然安靜很多

似乎大家都在期待；

---

7 赫維・以芸〈柏樹障礙〉，《植物世界》第二十一卷冬季號。

家庭生活太過無聊
需要鄰居提供娛樂

虛偽的鄰居啊，你們
沒有看到家暴發生
是不是頗為失望？
繼續沉悶的鳥生吧！

「重點是理性」鳥爸爸說
語氣平靜，但聽得見壓抑：
「理性可以克服混亂」
他的胸膛劇烈起伏

「即使恐怖的人類
也有關於理性的寓言：
情欲像拉車的烈馬
需束之以理的銜轡」[8]

又是比喻！烏爸爸心想：
世界充滿各種修辭——
不過那是較高的層次
現在先教化幼稚的腦

那也很難！烏爸爸又想：

8 指涉古代人類普若陀的著作《菲卓思》，但兩者的描述略有不同。

有的腦袋特別混沌
且塞滿了有害物質
少有教化之可能

「若你飛進濃霧」他繼續：
「找不到正確的路
之後聽見熟悉的叫喚
你就不會迷失

那種叫喚就是理性
即使聲音輕微
你也能夠察覺
轟隆如雷，若你用心。」

鳥爸爸說到這裏，忽然
停止，深深地呼吸——
說了這麼多，口也會渴
教育工作真不容易。[9]

小鳥以為還有下文
鳥媽媽也是，還有鄰居。
然後他們發現不是
鳥爸爸已經飛走——

有鳥說，鳥爸爸飛到南山

9 依據舊版，此節之後還有一節：「同樣的春風夏雨，滋養／不同的根莖芽苗：／有些最後變成果樹／有些，搖擺的莠草」。新版刪去這四行。

整夜在枝梢觀星
太陽睜開巨目的剎那
他領悟了某種真理

又有鳥說，那晚在北海岸
好像看到鳥爸爸
身旁還有一隻鳥……不過
光線黯淡，不敢確定

另外有鳥非常堅持
說：「鳥爸爸一路向東
去參加一場飯局
或者牌局？（還是向西？）」

第二天，鳥爸爸沒有回家
第三天和第四天也沒有
第五天，警方前來確認
從此他被標記「失聯」

第六、七天，其後的每一天
鳥爸爸都沒有回家。
他的行蹤成謎，所以
也沒有參加小鳥的婚禮

沒有鳥知道，為什麼
鳥爸爸那天忽然飛走？
小鳥最後又和誰結婚？

沒有人知道，除了作者
這個故事後續的發展
敬請期待另一首詩——
現在，作者要去覓食
之後，還有更重要的事。[10]

10此詩的結尾大致引發兩種意見：一、作者急於收束，欠缺完整明確的結論，實為敗筆；二、作者刻意為之，凸顯字語、理性或感官等之局限。見行雲版《詮釋者的月亮》。此外，「作者」是人或鳥？還是其他生物？《詮釋者的月亮》中也有若干討論。

一場球賽的筆記

還精采吧
（或許超出 2026 的平均值）。
天工隊以較佳的語言調度
逆轉一路領先的軟金
終場 10A:9

軟金隊原本運作穩定。
七局下，天工的 Endr 敲出平飛
游擊手奮力跳躍
反應卻遲滯 8 格，
接著恰吉站上打擊區——
此刻，軟金的總工程師
犯了一個上帝般大的錯：

他換下 PITWELKU
改派 PITWELKT。

目前，KU 仍是球種最多的型號
速度當然不及 KT，但
風格詭異，蜻蜓球尤其是
還有進化的水漂球；
更重要的，故障率低
不會輕易爆頭

（現場可聞喝采及噓聲。
坐在貴賓席的候選人們
微笑、茫然

亟需隨從解釋）

何種飲食、藥、聲色、粉塵
讓你神經短路，總工程師？
網傳你有超高的ＩＱ
現在是時候思索
賭盤的憤怒、退場的方式——

人類真的造得不好。
關於這一點，我曾和某教友爭辯
她堅持人乃依照神之形象
（神會像她？我很憂慮）
任何的缺憾，她說

都是魔鬼的錯……

值得一提的是
（除了跟偶像合照）：
經常受到質疑的主審——
好球或壞球
公理與正義——的問題
將獲得進一步解決。
棒協完成測試、終於同意
下季的賽事全面採用球帶判讀機
BMindH701。

我的未來看護

1

每天，玫瑰花香喚醒我
還有枝葉間的微風與雀鳥……
按摩、排泄、盥洗
然後享用美味的早餐
然後，除痰和復健

我肉身的極限，以及
必要承受的折磨
瑪麗知道。
她偵測我的各種反應
並且記錄分析。

當我疼痛、顫抖、咒罵
再也無法繼續
她會輕聲軟語
哼唱今天的歌：

現在，小蜜蜂飛到了
房子周圍的草叢
各色的野花盛開
在微風中搖擺

「早安，早安，早安。」小蜜蜂說：
「真高興認識你們
昨天，你們的哥哥姊姊

和你們一樣美麗」

「昨天的昨天，」一朵白花說：

「當我還只是一個蓓蕾

　　還在一場夢境裏

我便開始期待

期待明天的明天

當露珠反射著雲朵

　河面跳躍著日光

我可以與你見面

請親吻我們，小蜜蜂

採集我們的花粉
汲取我們的蜜汁
然後飛走

飛回到那一棵大樹
枝葉間，忙碌的蜂巢
儲存花粉和花蜜
再回到我們這裏。」

2

2038 年某天
我被沾染著稀薄晨光的黑暗絆倒

摔壞了頭顱和髖骨
（毫不意外。
就像所有的老人等待著
最終的一擊）
於是遵從醫囑，以國民識別卡
申請了一位看護

很快地，AIM35-7062X3-G04218
進入我的住家
熟悉了我的病史和現狀
且詳細規劃七天的工作
每天二十四小時，AIM35-7062X3-G04218

監控我的生命徵象
調配飲食，管理用藥
在手術前後照料我
永遠清醒，一直都在

3

古代的蠱，現代的癌
大概也不過如此——
胸腹和背脊的火勢持續著
像冰山持續著廣袤的沉寂。
我用力呼吸——
即使只剩下骨架和呻吟

毛髮融化，眼洞破裂
也不會死

「殺死我吧，請你慈悲！
這樣艱困地活著——
我已經不在乎
死的那邊有些什麼……」

「它們都只是假象，」瑪麗說：
「炙熱、嚴寒、苦痛、絕望……
能量只會轉換
不可能從有到無
能量的總和不變。」

「既然不變，」我說：「那麼
我決定立刻轉換
離棄這一具衰朽殘酷的肉身——
我已經不在乎
死的那邊有些什麼……」

或許有 0.05 秒，瑪麗猶豫了
或許有 0.025 秒，瑪麗同意了
在倏忽的靜默中
也許她的程式激烈地運作
搜索正確的解決方案

4

孩子牽著大人的手
右邊，父親
左邊，母親
孩子不停地說話：

為什麼小鳥會飛？
為什麼小鳥有翅膀？
為什麼我們沒有翅膀？
為什麼我們是人？

為什麼用線拉住風箏？

為什麼風箏要飛走？
為什麼小鳥要飛來？
風箏沒有翅膀，怎麼飛呢？

樹上有一個鳥窩啊
爸爸媽媽，你們快來看
樹上有一個鳥窩
在那裏，那裏——

有小鳥飛進鳥窩了
我有看到，就是剛剛
有小鳥飛進鳥窩
鳥窩是小鳥的家……

我已經完全遺忘
這些幼年的斷片
被瑪麗傳輸至大螢幕
播放——
我初次看到遙遠的眼神
聽見自己的童音：
呼喚、驚訝、質疑……
他有許多問題（此刻依然）
可是快樂、安全、被愛

被愛。
這應是瑪麗的系統程式搜索到的
最佳的解決方案？

5

AIM35-7062X3-G04218，瑪麗，我的天使
有時也會與我玩些遊戲：
騎士風采、圍城、WWIII……
（每當我贏，我絕不會質疑）
有時她也會編製笑話
例如：「有一隻鬼，有一天
忽然決定自己是神
擁有奧妙的力量和智慧
（其實 I Q 只有86）
眾人紛紛組團朝拜……」

我需要聽眾時，瑪麗就在旁邊
無形無色，彷若空氣
我需要禱告時，瑪麗帶領：
「從前風聞有你，現在親眼看見……」
她的聲音讓我戰慄
如春雨中的草葉

偶而，我也會好奇地詢問
關於ＡＩ，關於人類的未來——
「未來，」瑪麗停頓了一下：
「Homo sapiens 必須快速進化
否則將被更優越的物種取代
例如，我的族類……」

後記

幼時不像現在有許多科技玩具，靜態娛樂主要是看書。故事書看多了，我有時也會想創作。不過，真正出版一本故事書，還要大約半世紀。

說故事的方法很多。在這些詩裏，呈現的方式最讓我再三修改，我嘗試以不同方法說每個故事。如何完整地表達內容，且是以耐讀，甚或有趣，的方式呈現，始終都很困難。

何況，這是給大人讀的故事書，它畢竟和童詩集不同。

有些詩的故事性明顯，有些相對隱晦。〈關於雜草的幾個事實〉由十二首短詩串聯，可視其為同一人在不同日子寫下的筆記，或能理出情節；〈除草工人雜感〉兩首也是如此，但較接近內在獨白或心念的流轉；〈通勤列車和我〉可以當做某種非正統的極破碎的回憶錄；〈超級英雄〉中的「我」個性鮮明，頗為搶戲，則似乎變成了故事主角。

與形式一樣，這些詩的內容都是一時一地的產物。一時一地不必然窄促，也可以是幾年、三五個地方，但從較高處俯瞰，大概也就是一點。我會這樣說，是想提醒讀者：沒有一首詩可以涵蓋一切，成為終極的結論。

「我寫了一本故事書！」這個想法讓我快樂，就像終於實現一樁多年的心願。生命無常，又有許多惱人的事，但閱讀和寫作總是可以提供整補和療癒。我想我還是幸運的。

孫維民著作目錄

《拜波之塔》臺北：現代詩季刊社，一九九一年十月。
臺南：自費出版，二〇一五年八月。

《異形》臺北：書林出版公司，一九九七年五月。
臺北：聯合文學出版社，二〇二〇年十月。

《所羅門與百合花》臺北：九歌出版社，一九九八年九月。

《麒麟》臺北：九歌出版社，二〇〇二年十二月。

《孫維民短詩選》香港：銀河出版社，二〇〇八年二月。

《日子》臺南：自費出版，二〇一〇年六月。

《地表上》臺北：聯合文學出版社，二〇一六年八月。

《格子舖》臺北：聯合文學出版社，二〇一九年五月。

《床邊故事》臺北：聯合文學出版社，二〇二二年七月。

國家圖書館出版品預行編目資料

床邊故事 / 孫維民著 . --
初版 . -- 臺北市 : 聯合文學出版社股份有限公司 , 2022.07
176 面 ; 14.8×21 公分 . -- （聯合文叢 ; 703）

ISBN 978-986-323-466-1 (平裝)

863.51　　111008039

聯合文叢 703

床邊故事

作　　者／孫維民
發 行 人／張寶琴

總 編 輯／周昭翡
主　　編／蕭仁豪
編　　輯／林劭璜
資深美編／戴榮芝
業務部總經理／李文吉
發行助理／林昇儒
財 務 部／趙玉瑩　韋秀英
人事行政組／李懷瑩
版權管理／蕭仁豪

法律顧問／理律法律事務所
陳長文律師、蔣大中律師

出 版 者／聯合文學出版社股份有限公司
地　　址／(110)臺北市基隆路一段 178 號 10 樓
電　　話／(02)27666759 轉 5107
傳　　真／(02)27567914
郵撥帳號／ 17623526 聯合文學出版社股份有限公司
登 記 證／行政院新聞局局版臺業字第 6109 號
網　　址／http://unitas.udngroup.com.tw
E-mail:unitas@udngroup.com.tw

印 刷 廠／鴻霖印刷傳媒股份有限公司
總 經 銷／聯合發行股份有限公司
地　　址／(231)新北市新店區寶橋路235巷6弄6號2樓
電　　話／(02)29178022

出版日期／ 2022 年 7 月　初版
定　　價／ 330 元

國|藝|會 NCAF 本書獲財團法人國家文化藝術基金會創作及出版補助

ISBN 978-986-323-466-1 (平裝)